Magie Intérieure!

volume 2

SAKI HIWATARI

Cette histoire
est une fiction.
Elle n'a aucun rapport
avec des personnes,
des organisations ni
des événements
réels.

Magie
Intérieure!

Sommaire

Magie Intérieure !
- Cosmos in Children -

Magie Intérieure!

- Cosmos in Children -

Présentation des personnages

Haruko Morimiya :
collégienne en première année qui a hérité des pouvoirs magiques de sa mère décédée.

Silk : messager es dieux de Haruko. Il communique avec elle dans ses rêves et pratique la divination.

Kô Kinosaki :
collégien en deuxième année, il a déclaré qu'il allait protéger Haruko.

La mère de Haruko :
elle a transmis son nom de sorcière, Cynthia, à sa fille de huit ans juste avant de mourir.

Chika Toyoda : petite et belle, elle est la première amie que Haruko s'est faite au collège.

Renon Takioka : petit-fils de l'administrateur général, et collégien de deuxième année qui a la cote auprès des filles.

Akane Kirishima : deuxième amie de Haruko, elle admire Kinosaki-senpai.

Kodemari Takamiya : collégienne se disant "sorcière", et amie d'enfance de Kinosaki.

Haruko Morimiya, jeune fille un peu timide, est en première année de collège. Peu avant le décès de sa mère, elle a hérité de son nom de sorcière, Cynthia, ainsi que de Silk, son chat messager des dieux. Mais pour l'instant, elle ne sait pas encore se débrouiller avec tout cela, même si Silk n'arrête pas de l'encourager.

Après avoir gagné à un jeu de l'école, Haruko devient victime d'humiliations. Des lettres anonymes lui demandent de chasser la "sorcière". Aidée par Kinosaki-senpai, Chika et Akane, ses amis de classe, ainsi que par Takioka-senpai, un élève de deuxième année, elle commence à chercher le coupable. Progressant pas à pas dans son enquête, elle a fait la connaissance de Kodemari Takamiya, une soi-disant "sorcière". Après de nombreux évènements, Haruko reçoit une dernière lettre qui l'informe qu'elle va passer à une autre étape.

Haruko a le pressentiment que de nouveaux ennuis s'approchent. Ce qui la trouble beaucoup !

TABLEAU D'AFFICHAGE
ANNONCE
PREMIÈRE ANNÉE, CLASSE TROIS
HARUKO MORIMIYA EST
visée !!
SA COTE EST MONTÉE EN FLÈCHE !
TROP MIGNONNE !
Deuxième année, classe cinq
On va sauver notre Haruko de la présence de Kô Kinogaki et de toutes ces histoires !!
Fan Club de Haruko Morimiya
JE SUIS TOUT À FAIT D'ACCORD !!
Crève avec le coupable Kinosaki !!
C'est un type égocentrique qui sauve les apparences. nul !
Qu'est-ce qu'elle est moche ! →
ARRÊTE TES JALOUSIES !
Qui a affiché ça !?
QUAND T'ES MOCHE, T'ES MOCHE, D'ACCORD MOCHETÉE !!
C'est à qui, cette photo ? tu me donnes tes coordonnées !
HARUKO-CHAAAN
MOI
SHRRR

NON ... !
FRRRR FRRRR
... C'EST PAS POSSIBLE !
... KINOSAKI ...
TCHACRAK
HEP

C'EST TOI ...
... C'EST VRAI QU'HIER TU AS LAISSÉ TON VÉLO ICI
CRÈVE ! CRÉTIN ! ARRÊTE DE JOUER LA COMÉDIE !!
... TU AS VU LE TABLEAU D'AFFICHAGE DES TROISIÈMES ANNÉES !?
... NON !

TU PENSES PROTÉGER HARUKO-CHAN, MAIS ...
LE RÉSULTAT EST PARFOIS INATTENDU ... NON ?
QUE VEUX-TU DIRE ?
TCHAK
aruko Morimiya est VISÉE !!
SA COTE EST MONTÉE EN FLÈCHE !
TROP MIGNONNE
Deuxième Année, Classe cinq

MMM
C'EST QUOI ÇA !!
TU ES RESPONSABLE DE CES RÉACTIONS ... NON ? ...
... C'EST COMME SI TU AVAIS DÉSIGNÉ HARUKO-CHAN COMME ÉTANT LA CIBLE DE TOUS !
QU'EST-CE QUE TU VAS FAIRE ... ?
... ON A AUSSI ÉCRIT N'IMPORTE QUOI SUR TOI !
... C'ÉTAIT INÉVITABLE DE T'ATTIRER DES CRITIQUES !
MÊME SI JE DEVIENS AUSSI UNE CIBLE, JE M'EN FOUS ! ... MAIS
... C'EST HARUKO QUI T'A APPELÉ À SON SECOURS
... J'EN AI MARRE !!

CE QUE J'AI ENVIE DE TE DIRE, C'EST QUE TU DEVRAIS ARRÊTER DE T'OCCUPER D'ELLE ! ...
... CE SERAIT MIEUX POUR TOUS LES DEUX !!
... ELLE TE PLAÎT ...
... CETTE FILLE ... NON ?

ALORS ... IL VAUT MIEUX LAISSER PASSER DU TEMPS ...
... POUR QUE LES CHOSES RENTRENT DANS L'ORDRE !
... BAH ... !
MAIS ...
... CE N'EST PAS PAR AMOUR !
AH BON ? ... ALORS POUR QUOI ?
VRAIMENT ! ... POURQUOI TU EN FAIS AUTANT POUR CETTE FILLE ? ...
BEN ...

... ELLE A DOUTÉ DE MOI !
ET ELLE CONTINUE. ÇA NE M'EST PAS AGRÉABLE ...
ET ÇA SERA AINSI JUSQU'À CE QUE L'ON CONNAISSE LA VÉRITÉ !
ÇA VEUT DIRE QUE TU VAS CONTINUER À PROVOQUER LE COUPABLE ?!?
TU NE FAIS QUE L'EXCITER !
... TU T'EN RENDS COMPTE ?!
D'AILLEURS ... C'EST PAS TON TRUC, KINOSAKI !
... NORMALEMENT TU PARLES PEU ! ... SEULEMENT ...
... POUR ELLE, TU ES CAPABLE DE TE FAIRE REMARQUER !
... ET TOUT LE MONDE FINIT PAR CROIRE QUE TU ES AMOUREUX D'ELLE !!

ALORS ?!? ...
MAIS QU'EST-CE QUE TU VEUX TAKIO-KAAAA ?!?
DIS-MOI QUE TU L'AIIIIIMES !!
... ALLEZ ... AVOUE !!
AÏÏÏÏÏÏEEE !! ... TU ME FAIS MAL !
DIS LEEEEEEE !!
TCHA

... EUH ...
HOP
TCHHU

AH ! ... QU'EST-CE QU'IL Y A, HARUKO-CHAN ... ?
... TU VEUX LUI PARLER ?
OUI... MAIS JE NE VOUDRAIS PAS VOUS DÉRANGER ! ... JE REVIENDRAI PLUS TARD
AH NON ! ... NON ! ... JE VOUS LAISSE ... CIAO CIAO !
... SALUT KINOSAKI !

MAIS JE SUIS DÉSOLÉE ...
... JE VOUS AI DÉRANGÉS ...
... NON ...
... CE N'ÉTAIT PAS TRÈS IMPORTANT !
MAIS ...
QUOI ... ?!
EN FAIT ....

... JE L'AI TROUVÉE DANS MON CASIER CE MATIN ...
Félicitations !
Tu as enfin trouvé la sorcière ! Nous pouvons donc aller à l'étape suivante.
Passe une bonne journée !!
CHIKA ET AKANE NE SONT PAS ENCORE ARRIVÉES
... MAIS J'AI ENTENDU VOS VOIX ...

... JE VOULAIS VOUS LA MONTRER AU CAS OÙ ... !
... ...
... EUH ...
TU AS ENTENDU CE QUE L'ON DISAIT ... ?
EUH ... NON ... ?
AH !
... BON ...
OUF
... AU FAIT, TU AS REGARDÉ LE TABLEAU D'AFFICHAGE DES TROISIÈMES ANNÉES ?

POUR RIEN ...
CE N'EST PAS IMPOR-TANT !
DITES ...
NON ... POURQUOI ... ?
... À PROPOS DE MLLE TAKAMIYA ...
JE NE VOUDRAIS PAS L'EMBÊTER AVEC TOUT ÇA
... MAIS QUE PENSEZ-VOUS D'ELLE ?

BEN ! ... C'EST UNE SORCIÈRE ... NON !?
JE POURRAIS AUSSI PRÉTENDRE ÊTRE SORCIÈRE ET CHASSEUSE !!
... J'AIMERAIS NE PLUS EMBÊTER
... PERSONNE !
DONC ...
Intervalle 1/4
- 1 -
bonmiaou... miaou !
C'est l'été... alors je vous raconte une histoire qui fait peur !... miaou
Un jour... miaou... Hiwatari a perdu son portefeuille alors qu'elle sortait avec un de ses assistants pour faire des courses ! ... miaou
... NE ME PERDS PAS... !!
* Ce n'est pas un Prada.
Il y avait des 10 000 yens ! ... miaou
... Hiwatari ne pouvait pas rester indifférente ! ... miaou
elle l'a cherché comme une folle !! ... miaou mais...

... EH ... ?
Sourire
... QUOI ??

DIS HARUKO-CHAN ! ... KINOSAKI N'EST PAS LE SEUL A ÊTRE DE TON CÔTÉ !
... DÉSORMAIS, TU POURRAS AUSSI COMPTER SUR NOUS !
C'EST ÇA !!
ON EST TOUS AVEC TOI !!
... QUOOOOI ??

TU PEUX FAIRE CONFIANCE AUX GARÇONS DE TROISIÈME ANNÉE !
... ALORS ...
... ARRÊTE DE FRÉQUENTER
... CE LÂCHE !
D'ACCORD ... ?!?
... MAIS ...
... QUE SE PASSE-T-IL ?!

KINOSAKIII ! ... C'EST PAS BIEEEN !!
... C'EST PAS TRÈS GENTIL VIS-À-VIS DE HARUKO-CHAN !
... TA FAÇON DE FAIRE N'EST PAS TRÈS COURAGEUSE !!
... ...
DE QUOI TU PARLES ... ?
TA GUEULE !! ... ON CAUSE PAS COMME ÇA À DES TROISIÈMES ANNÉES
... HEIN ... ?
TAP TAP
FAIS GAFFE À TOI !!
... O.K. !

QUE FONT-ILS !?!
ALORS, QU'AS-TU À DIRE ... HEIN !?
M. TAKIOKA-KUN !

... DÉPÊCHE-TOI D'ALLER CHEZ LE DIRECTEUR ... IL TE CHERCHE !
... HEIN ... !!
... ÇA CRAINT !!
... J'AI FAIT QUOI ?
EN TOUT CAS, DÉPÊCHE-TOI !
... AH ...
... OUI !

PUIS-JE ENTRER ?
M. TAKIOKA-KUN ...

... KÔ KINOSAKI
... C'EST QUI POUR TOI ... ?
... TON MEILLEUR AMI ?

SILK MILK

CHILDREN IN COSMOS

VOUS ÊTES DE BONS AMIS ...
... KINOSAKI ... ET TOI ?

... OUI ...
... C'EST VRAI !
... AH BON ... !
... JE NE SAVAIS PAS !
POURQUOI T'INTÉRESSES-TU À KINOSAKI ?
... HEIN ... ?
HI! HI! HI!

... BEN
... J'AIMERAIS JUSTE LE PUNIR
C'EST TOI ...
... QUI A EXPÉDIÉ TOUTES CES LETTRES ?

HI HI !
ARRÊTE TOUT ÇA !
... TU NE PEUX PAS T'AMUSER DE CETTE FAÇON, NON !?
... ET PUIS, CE QUE TU AS VOULU FAIRE C'ÉTAIT ...
... POUR PROFITER DE TA VIE DE COLLÉGIENNE ... N'EST-CE PAS ?
... OUI ...
... C'EST MOI !
... ...

QU'EST-CE QUE TU ME CHANTES !?
... C'EST UN JEU !
... ET JE SUIS EN TRAIN DE M'AMUSER ! ... ALORS POURQUOI ME DONNES-TU DES CONSEILS ...
HEIN !?
... MAIS ... !!
MAIS QUOI ?? ... JE M'AMUSE COMME UNE FOLLE !

... DE TOUTE MANIÈRE, NOUS NE POUVONS PAS NOUS COMPRENDRE CAR NOUS N'AVONS PAS LA MÊME FAÇON DE PENSER !
... C'EST TELLEMENT DOMMAGE !
... MAIS ...
... TU M'AS BIEN DIT QUE JE POUVAIS COMPTER SUR TOI ?!
... TU T'EN SOUVIENS, RENON-CHAN ?

CET APRÈS-MIDI ... ... JE SUPPRIME LES COURS, ET IL Y AURA UNE RÉUNION POUR TOUS LES ÉLÈVES
... ET PUIS, LES PROFESSEURS SONT D'ACCORD AVEC MOI !
... MAIS ... ... POURQUOI ??
PARCE QUE JE LE VEUX !!

DIS RENON-CHAN ...
J'AI QUELQUE CHOSE À TE DEMANDER
NON ! ... CE N'EST PAS BIEN !
... JE NE PEUX PAS !!
... PARDON ... ?
CE NE SERA PAS PAREIL ...
... JUSQU'À PRÉSENT, SUPPRIMER DES EXAMENS OU DES COURS POUR S'OCCUPER DES PLANTES
... CE N'ÉTAIT PAS SI GRAVE, ET ÇA NE CONCERNAIT QUE LA PREMIÈRE ANNÉE
MAIS CETTE FOIS ... JE NE PEUX PAS !
... POUR TOUS LES ÉLÈVES, CE N'EST PAS POSSIBLE !!

LES COURS SONT TRÈS PRÉCIEUX POUR LES ÉLÈVES DE TROISIÈME ANNÉE ...
ON NE PEUT PAS LES SUPPRIMER POUR S'AMUSER AVEC TOI !!
COMMENT OSES-TU DIRE DES CHOSES PAREILLES ...!
... À MOI ... !!

FIIIZZZ
À MOI ...
SPLASH
... QUI NE PEUX PLUS MAINTENANT QUE M'AMUSER !

L'AUTRE JOUR, KINOSAKI M'A DÉCLARÉ LA GUERRE !
... ÇA NE TE DONNE PAS ENVIE DE M'AIDER ? ... POURQUOI ?
IL M'A INSULTÉE DEVANT TOUT LE MONDE !
... N'AS-TU AUCUNE PITIÉ POUR MOI ??
IL A COMPLÈTEMENT BLESSÉ MON AMOUR-PROPRE ...
... JE DOIS LUI FAIRE LA MÊME CHOSE !

CHIKAAAAAAAAAA !!
AH ! ... AKANE-CHAN ... SALUT !
... QUOI ... ?
TCHAK
VIENS PAR ICI !!
AÏE AKANE-CHAN ! ... TU FAIS MAL !
VITE ! ... VIENS ! ... C'EST TERRIBLE !!
REGARDE ... ... LÀ-BAS !!
... QUOI ... ?

... KOUAH ???

C'EST PAS VRAIII ...
IL EST TROP FORT !!
JAMAIS !!
GOONG
PLAF
ARG
SI JE DISAIS N'IMPORTE QUOI, JE NE ME LA JOUERAIS PAS !
SCHUUT

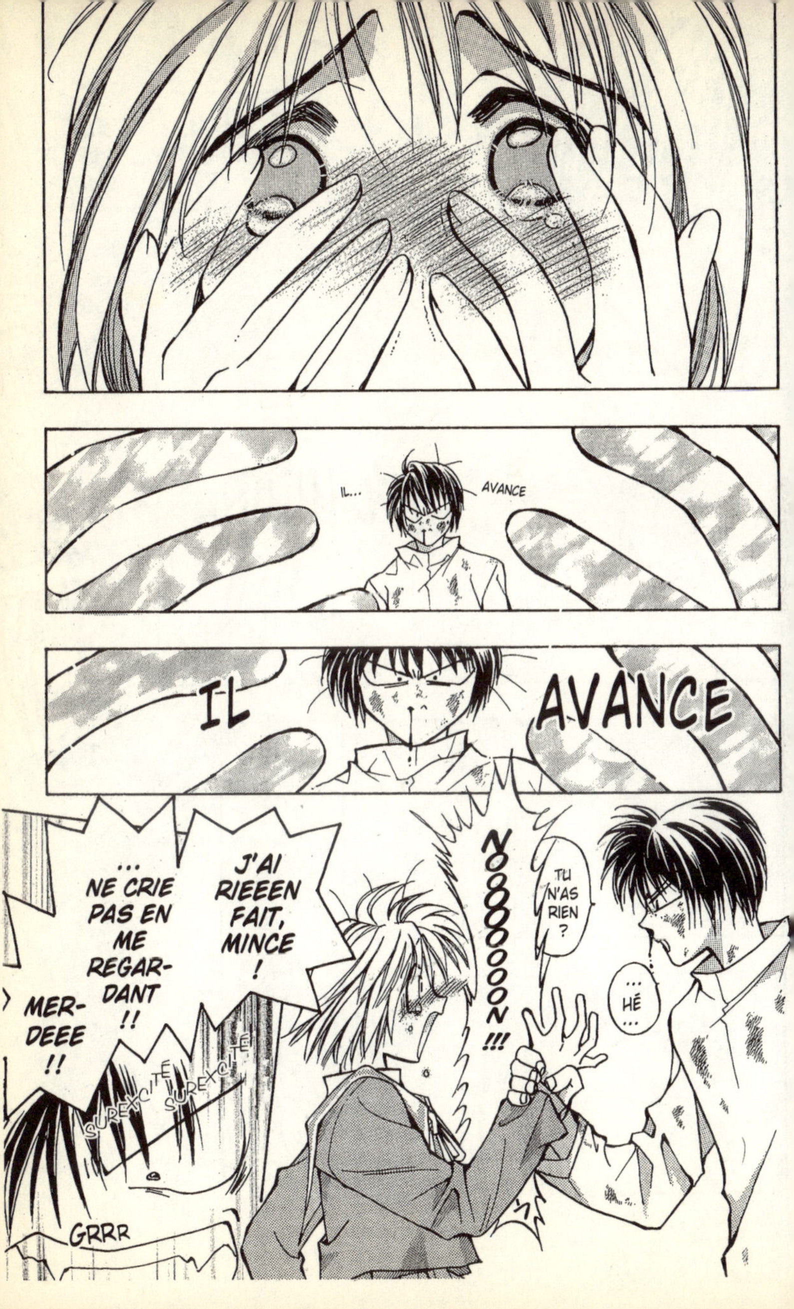
IL...
AVANCE
IL
AVANCE
TU N'AS RIEN ?
... HÉ ...
NOOOOOOOOON !!!
J'AI RIEEEN FAIT, MINCE !
... NE CRIE PAS EN ME REGARDANT !!
MERDEEE !!
SUREXCITÉ SUREXCITÉ
GRRR

ÇA VA, HARUKO-CHAN... !?
HA
CHIKA-CHAN !!
OUIIIIIIINN
ON S'EN VA, HARUKO-CHAN... ÇA VA ALLER ?
SNIF... OUI...
SENPAI... VOTRE NEZ SAIGNE !
ÉNORMÉMENT

WOUAH
TCHA
RACONTE RIEN AUX PROFS D'ACCORD ?
LA MAGIE DU SHÔJO MANGA, C'EST ...
ÉNORME
... MAIS ...
QUAND MÊME ...
... IL EST TROP CLASSE !

RÊVEUUUUUSE
ÇA VA, HARUKO-CHAN ?
SOIS LUCIDE !
... OUI ...
APRÈS TOUT, ELLE N'A RIEN COMPRIS À CE QUI VIENT DE SE PASSER
KINOSAKI-SENPAI EST ...

HORRIBLEMENT
TERRIFIANT
MAIS ...
... C'ÉTAIENT QUI, CES GARS DE TROISIÈME ANNÉE ?!
TCHAC
... JE N'Y COMPRENDS RIEN !
Intervalle 1/4
– Z –
Hiwatari n'a pas retrouvé son portefeuille... miaou
alors, elle est allée avec son assistant à la police... miaou
ils ne savaient pas si quelqu'un l'avait trouvé
... mais !!
miaou
il était là !! ... miaou
... un aimable charcutier l'avait rapporté ! ... miaou
c'est très gentil ! ... merci... miaou
mais...

... HEIN ... !?
IL Y A QUELQUE CHOSE DANS MON CASIER ...
...
QU'EST-CE QUE C'EST, HARUKO-CHAN ?
... UNE LETTRE ...
... C'EST LA DEUXIÈME AUJOURD'HUI !

Ne te fais pas avoir ...
... par toutes ces machi-nations !
SCHRRRR
Kinosaki est au courant de tout !!

PING PONG PANG PONG
VOICI UNE ANNONCE CONCERNANT TOUS LES ÉLÈVES ...
... CET APRÈS-MIDI ...
... LES COURS SONT ANNULÉS ET REMPLACÉS PAR UNE RÉUNION POUR TOUS LES ÉLÈVES DU COLLÈGE

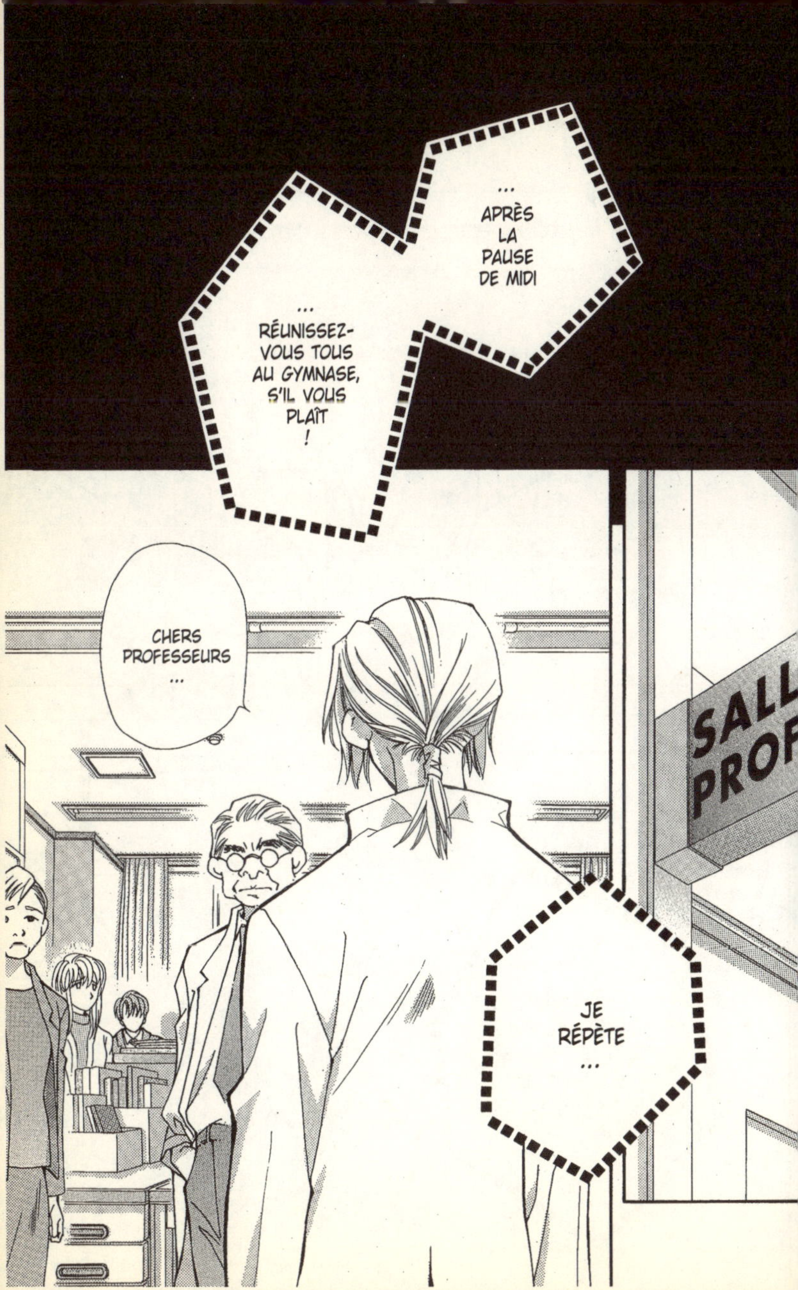

... RÉUNISSEZ-VOUS TOUS AU GYMNASE, S'IL VOUS PLAÎT !
... APRÈS LA PAUSE DE MIDI
CHERS PROFESSEURS ...
JE RÉPÈTE ...
SALL
PROF

VEUILLEZ M'EXCUSER MAIS ...
SALUER
... JE VOUS LE DEMANDE AUSSI !
APRÈS LA PAUSE DE MIDI, TOUS LES ÉLÈVES DOIVENT SE RÉUNIR ...

PARDONNEZ-MOI ... !
... AU GYMNASE, S'IL VOUS PLAÎT !

BLA
BLA
BLA

BLA
BLA
DIS ... POURQUOI ON DOIT TOUS ÊTRE À CETTE RÉUNION ?
BLA
AUCUNE IDÉE ... ?
LES PROFS NE SONT MÊME PAS LÀ !
ÇA FAIT DÉJÀ UNE HEURE !
SANS BLAGUE !?
BLA
TIENS ! ... LE PRÉSIDENT DES ÉLÈVES EST SORTI
IL VA ALLER VOIR LES PROFS, NON ?

BLA
BLA
BLA
PAR TOUTES CES MACHINATIONS ! KINOSAKI EST AU COURANT DE TOUT !!
ÇA VEUT DIRE QUOI ... ?
QUI EST ...
... L'EXPÉ-DITEUR DE CES LETTRES ??

QU'EST-CE QU'IL VEUT ... ?
QU'EST-CE QU'IL ATTEND DE MOI ? ...
LE COUPABLE EST PEUT-ÊTRE DANS CETTE FOULE ...
... IL M'OBSERVE PEUT-ÊTRE EN RIANT !
HA !
COUCOU TOUT LE MONDE !
... JE SUIS LÀÀÀ !!

TAKIOKA
AAAAAAAAAAAAAHHH
OUAIIIS ! ... MERCIII !!
BON ! ... ON A ENCORE DU TEMPS AVANT QUE LES PROFS ARRIVENT, ALORS ...
WOUUUAHH
CLAP CLAP
... JE PROPOSE QUELQUES JEUX RAPIDES EN ATTENDANT
CLAP CLAP
ALORS ... MERCI ♡
... EN FAIT
... SI QUELQU'UN PEUT M'AIDER, CE SERAIT SUPER !
ALLEZ TAKIOKAAAA
... JE VAIS DEMANDER ...
OH LÀ LÀ ... TAKIOKA !

... À ...
... KINOSAKI ! ... TU VEUX BIEN ! ... ALLEZ, VIENS M'AIDER !
... QUI ... ?
... MOI ??
... HEIN ... ?
POUUUR-QUOI ??
AAAAAAAAAAHHHH

EH BIEN ... LORS DE LA RÉUNION D'INFORMATION POUR LES NOUVEAUX
... IL A FAIT UNE SUPER PERFORMANCE
... ET IL EST DEVENU CÉLÈBRE DANS TOUT LE COLLÈGE !
... QUOI ...
TA ... TAKIOKA-SENPAI ... !?
ALORS JE VOUDRAIS DONC SAVOIR SI DEPUIS ILS SONT TOUJOURS BIEN ENSEMBLE ...
JE VAIS DONC L'INTERVIEWER !

ALORS ÇA SE PASSE BIEN, KINOSAKI ... ?
ARRÊTE TOUT DE SUITE, TAKIO-KAAA !
... QU'EST-CE QUI TE PREND ?!?
GLOUPS
SA PERFORMANCE C'ÉTAIT ... DISONS ...
POUR NOUS EXPLIQUER: "IL NE FAUT PAS S'APPROCHER DE MA COPINE" ! ... C'EST CE QUE TOUT LE MONDE RÊVAIT DE FAIRE SANS JAMAIS L'OSER !!
ALORS RACONTE-NOUS UN PEU CE QUE ÇA T'A FAIT DE L'AVOIR OSÉ ... !

TAKIO-KAAAA !
ARRÊTE TES CONNE-RIES !!
... LA RENCONTRE DE CES DEUX-LÀ REMONTE AU CONCOURS DE "LUCK WINNER" ...
QUELLE SUPER COÏNCIDENCE ... LE VAINQUEUR DE L'ANNÉE DERNIÈRE ET CELLE DE CETTE ANNÉE !!
... TAKIOKA-SANPAI ...
... POURQUOI !?
... LEUR AMOUR EST NÉ QUAND LE TROPHÉE EST PASSÉ D'UNE MAIN À L'AUTRE ...

IL SE PREND POUR QUI !
BLA
S'IL VOUS PLAÎT !
... J'AI UNE QUESTION
SI VOUS AVIEZ DES VUES SUR HARUKO MORIMIYA
... C'EST DONC VOUS
QUI AVEZ ÉCRIT LA LETTRE ANONYME ...
ET L'AVEZ MISE DANS LE TROPHÉE !!
... CETTE RUMEUR SERAIT-ELLE VRAIE ?!

SI C'EST ÇA LA VÉRITÉ, C'EST TRÈS NUL !!
HIHI
HIHI
UUNNNNH
HIHI
HIHI
AH BON ... ALORS, IL Y A CE GENRE DE RUMEUR !!
... JE N'ÉTAIS PAS AU COURANT !
... KOUAH ?!?
... ALORS, TOUT ÇA C'EST VRAI , KINOSAKI ?!

NE TE FAIS PAS AVOIR ...
... PAR TOUTES CES MACHI-NATIONS !
C'EST ABSURDE ! ... JE N'AI RIEN FAIT !!

CALMEZ-VOUS ... !
AH ! ... LES PROFESSEURS !
... VEUILLEZ M'EXCUSER ... ON ARRÊTE TOUT DE SUITE !
BLA
BLA
BLA

... HUMM ...
KSCHHH
VOUS POUVEZ VOUS ASSEOIR POUR M'ÉCOUTER !
... EN FAIT, NOUS NOUS SOMMES RÉUNIS TOUT À L'HEURE POUR DISCUTER
... ET NOUS SOMMES TOUS ARRIVÉS À LA MÊME CONCLUSION
... NOUS DEVONS DONC VOUS ANNONCER QUE ...

... COMME CHACUN LE SAIT, IL Y A MALHEUREUSEMENT UN CAS D'IJIME EN PREMIÈRE ANNÉE !
... APRÈS AVOIR INTERROGÉ LA VICTIME ...
... NOUS AVONS CHERCHÉ À TOUT PRIX LE COUPABLE ET ...
GLOUPS
... NOUS L'AVONS ENFIN TROUVÉ !
... ET ...
... KOUAAH ?!?

ILS ONT TROUVÉ LE COUPABLE ... !?
POUR COMBATTRE CET IJIME
... NOUS AVONS DÉCIDÉ DE L'ARRÊTER EN PRENANT DES MESURES STRICTES ET CORRECTES !
... MAIS C'EST QUI ?!?
... QUI ... ?!
C'EST-À-DIRE QU'EN VOUS DONNANT LE NOM DU COUPABLE ...
... NOUS VOUDRIONS VOUS FAIRE COMPRENDRE
... QU'IL VA SUBIR CET IJIME À SON TOUR ET EN SOUFFRIR !

... KÔ KINOSAKI ...
... AVANCE-TOI !!

Intervalle 1/4
- 3 -
Le policier était très sérieux ! ... miaou
... et il a dit ...
QU'EST-CE QUE C'EST ?
En fait, il tenait dans sa main le sel que Hiwatari met dans son porte-feuille pour chasser les mauvais esprits... miaou
BLA BLA
... du coup, quatre ou cinq inspecteurs des stupéfiants sont arrivés ! ... miaou
ON VA EXAMINER ÇA !!
HI ! HI !

... NON ... !

TCHA
CLAK

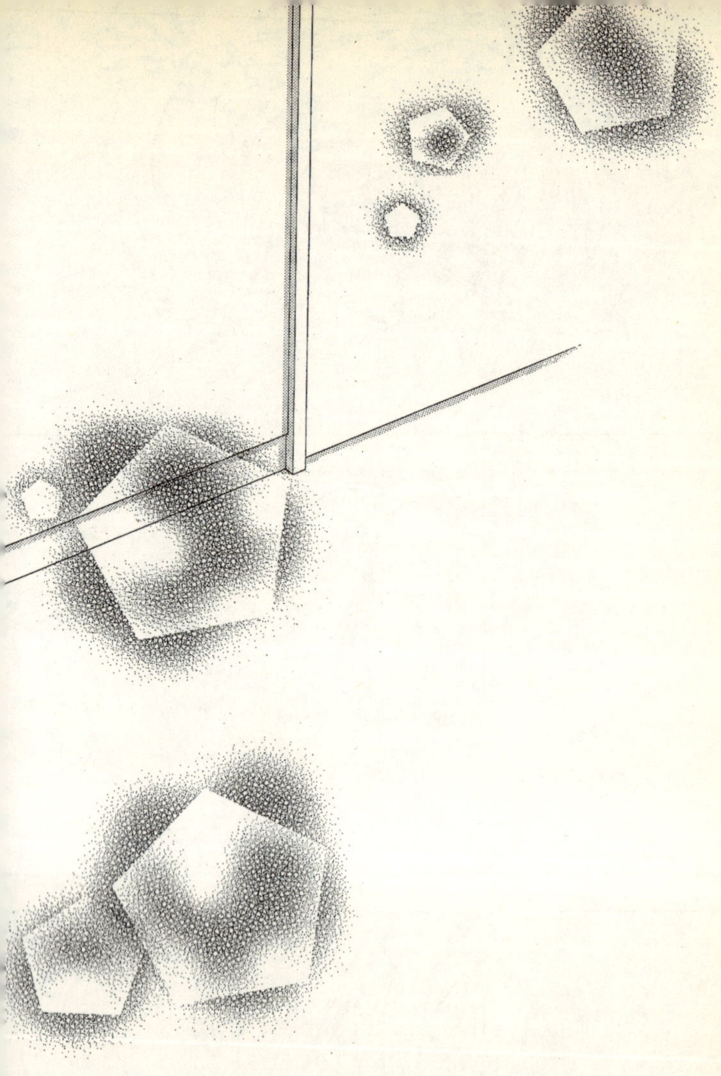

COSMOS IN CHILDREN

... KÔ KINOSAKI !
... AVANCE-TOI !

... ...
... POURQUOI ... ?
ET "POURQUOI" PAS !
... VIENS VITE ICI !!
... MAIS ...

... AH NON !!
... COUPA-BLE ...
... MOI ...
KINOSAKI-SENPAI EST COUPABLE ... !?
... C'EST PAS VRAI !?!
... MOI ?!

FINALE-MENT ...
... ÇA CONFIRME LA RUMEUR !
... NOOOOON !!
... C'EST QU'UN MEN-SONGE !!
TENKOOO !! ... OÙ EST-ELLE ?! ELLE DOIT DIRE QUELQUE CHOSE !!
CALME-TOI, AKANE-CHAN !
... QUOI ...

EN COLÈRE
VOUS ÊTES TOUS NULS OU QUUUUUO OOOIIII !!
OUPS ! ... IL A GRANDI !
AAAH !
GLOUPS
AAAA AHHHA !!

N'IMPORTE QUOOOOOI !!
... J'AI DES ARGUMENTS, MERDEEE !!
DE TOUTE FAÇON ...
D'ABORD ... VOUS AVEZ QUOI COMME PREUVES, HEIN !?!

... COMMENT VOUS POUVEZ FAIRE UNE CHOSE PAREEEEILLE !?!
INCRO-YAAAA-AABLE !!
... ÊTES-VOUS VRAIMENT
... DES PROOOOOOOOOFS ! ... OU QUUOOIII !?!

ZOOOOOM
C'EST UN HUMAIN ÉLASTIQUE OU QUOI ? ... RÉTRÉCIS-TOI !
TAIS ... TAIS-TOI !!
NOOOOOON !
... JE CONTINUE !!
JE PROTESTE CONTRE ÇA !!
... J'AI TOUJOURS RÉSISTÉ !!
... JE N'AI JAMAIS ACCEPTÉ CES FAÇONS DE FAIRE !!
QUE PERSONNE NE BOUGE ! ... PERSONNE NE SORT D'ICI !!
... VOUS ALLEZ RETIREZ CE QUE VOUS AVEZ DIT, DEVANT TOUT LE MONDE !!
C'EST UNE FAUSSE ACCUSATION !!

JE N'AI ...
... JAMAIS RIEN FAIT !!

BLA
BLA
BLA
... TENKO ... !
... AKANE-CHAN ...
KINOSAKI-SENPAI EST EN DANGER !
... SI TU DIS QUELQUE CHOSE, TOUT VA SE CALMER !
... IL T'A TOUJOURS PROTÉGÉE, NON ?
... NE ME DIS PAS QUE TU DOUTES DE LUI !?

... TENKO ... !!
ATTENDEZ ... ATTENDEZ
... JE NE SAIS PLUS QUOI PENSER !
MONSIEUR ... MONSIEUR !
... IL NOUS A CHERCHÉ DES HISTOIRES ET AGRESSÉS CE MATIN !!
OUI ! BRUTALEMENT !! ... ET ON N'AVAIT RIEN FAIT !
OH OH ...
CE SONT LES TROISIÈMES ANNÉES QUI SE SONT FAIT BATTRE PAR KINOSAKI-SENPAI !
ILS M'ÉNERVENT !!

MAIS ... ÇA N'A RIEN À VOIR !!
C'EST SÛR QUE C'EST LUI LE COUPA-BLE !!
WOUAH !
IL A RAISON ! ... ÇA N'A RIEN À VOIR !
IL S'EST RAPETISSÉ
KOUAH ...?!?
OUAIIIS !!
LES PROFS SONT BIZARRES AUSSI ?
MAIS KINOSAKI A ÉCRIT CETTE LETTRE POUR SORTIR AVEC MORIMIYA, NON ?
ÇA N'A AUCUN RAPPORT !
... ON SE DEMANDE JUSTE QUI EST COUPABLE
C'EST ÇA !

JE N'AI...
... JAMAIS RIEN FAIT !!
BLA
MAIS IL N'Y A AUCUNE PREUVE !?
JE SUIS D'ACCORD !
BLA
D'AILLEURS EST-CE QUE LES PROFESSEURS ONT DES PREUVES ?!
BLA
... MAIS ...
DITES ...
HÉÉÉ ÉÉ
BLA
VOUS EN ÊTES SÛRS, MONSIEUR ?
BLA
DEPUIS LE DÉBUT C'EST BIZARRE, NON ?
JE NE COMPRENDS RIEN DU TOUT !
BLA
MONTREZ-NOUS LES PREUVES !
BLA
POURQUUUOI ??

MESSIEURS LES PROFESSEURS !
EUH ... VEUILLEZ M'EXCUSER, MAIS JE SUIS LE PRÉSIDENT DES ÉLÈVES
AU CAS OÙ ...
COMME VOUS ÊTES À L'ORIGINE DE CETTE RÉUNION ...
... SI VOUS NOUS DEMANDEZ DE PRENDRE DES MESURES STRICTES ET CORRECTES CONTRE L'IJIME
... IL NOUS FAUT UNE EXPLICATION CLAIRE !
PERSONNELLEMENT ...
... IL ME SEMBLE QUE VOTRE FAÇON DE FAIRE N'EST NI STRICTE NI CORRECTE !
C'EST ÇAAAAA !
EN TOUT CAS, MONTREZ-NOUS LES PREUVES !
MONTREZ-LES NOUS !

MON-TREZ-LES !
MON-TREZ-LES !
MON-TREZ-LES !
MONTREZ-LES !
MONTREZ-LES !
MONTREZ-LES !
MONTREZ-LES !
MONTREZ-LES !

MONTREZ-LES !
MONTREZ-LES !
MONTREZ-LES !
MONTREZ-LES !

MONTREZ-LES !
MONTREZ-LES !
MON-TREZ-LES !
AAAAAAAHH !
... SEN-PAAAI !
C'EST TROP COOOOL !!
... IL A PROVOQUÉ UN REVIREMENT DE SITUATION !
... SUPER ! ... IL EST TROP FORT !!

MONTREZ-LES !
ILS CRIENT TOUS LA MÊME CHOSE ...
C'EST LA PREMIÈRE FOIS QUE JE L'ENTENDS ...
AU FAIT ... C'EST MOI QUI AI DOUTÉ DE LUI ...
... JE ME SUIS ALORS DÉCIDÉE À ÊTRE FORTE ...
ET SILK M'A GRONDÉE !
MONTREZ-LES !
SEULEMENT JE NE POUVAIS RIEN FAIRE DANS UNE SITUATION PAREILLE !
... MAIS ...
... MAIS SENPAI EST ...
POURQUOI JE PLEURE ?!

... POURQUOI ... ?
POUR QUELLE RAISON ...
EST-IL SI FORT ?
... POURQUOI ... ??
CALMEZ-VOUS !!
... ALLEZ-VOUS VOUS TAIRE, S'IL VOUS PLAÎT !!

C'EST ENTENDU ... NOUS CONTINUONS NOS RECHERCHES ...
... ET ... REMETTONS NOTRE DÉCISION À PLUS TARD !
NOUS RETIRONS DONC CE QUI A ÉTÉ DIT !
... MAINTENANT RETOURNEZ TOUS DANS VOS CLASSES !

... LA RÉUNION EST FINIE !

HARUKO !
AH! ... SENPAI !
HARU ...
... KO
SNIF SNIF
OUIN
SNIF SNIF
OUIN
SNIF SNIF
OUIN
... NE PLEURE PAS À CHAQUE FOIS QUE TU ME VOIS
... COMME SI J'ÉTAIS COU-PAAABLE !!
C'EST PAS GENTIL, QUOI !
... SEN-PAI ... !
RRRRR

Intervalle 1/4
4
Examen de stupéfiant... dis donc ! ... miaou
... oui miaou ! ... ouais miaou ! ... le sel est aussi une poudre blanche !! ... miaou bref...
c'est ça ! ... miaou ... ils l'ont soupçonnée de posséder de la drogue !! ... miaou
... et le résultat de l'examen a été ... ROUGE !! ... tout rouge !! ... miaou

... VOUS EN FAITES UNE TÊTE !
TCHA
POURQUOI TU PLEURES, HARUKO ?
... ...
JE L'AIME
PARCE QUE J'AI ENCORE ...
... DOUTÉ DE VOUS ! ... MÊME SI ÇA N'A DURÉ QU'UNE SECONDE ... !

JE VOUS CROIS !
... VOUS N'ÊTES PAS LE COUPABLE !
... MAIS ...
MAIS NON !!
... BIEN SÛR QUE NON !!

MAINTENANT, J'EN SUIS ...
... SÛRE !!
JE SUIS DÉSOLÉE !
PAS GRAVE !
ON N'EST PAS UN PEU OUBLIÉES, NON ?
... ON S'EN VA ?
... J'EN AI BIEN ENVIE !

Dis donc ...
... Kinosaki a fait ça !
Il est doué pour attirer l'attention des autres !
OUAIS ! ... C'ÉTAIT SUPER !
... TOUT LE MONDE ÉTAIT SUREXCITÉ ! ... MAIS À LA FIN ON ÉTAIT TOUS ENSEMBLE !
DISONS QUE ...
IL ÉTAIT COMME LE SOLEIL !!

...
COULER
Dis Haruko !
... HEIN ... ?
j'ai dit que ...
beaucoup de messagers te guideraient, comme le soleil, jusqu'à l'amoureux ...
... mais ...
... on n'est pas sûrs que ce soit Kinosaki, non ?
... seulement, tu as l'air bien décidée, on dirait !?
... AH ...
... BON ?

MAIS VOYONS ...
... QUI D'AUTRE QUE LUI PEUT ÊTRE COMME LE SOLEIL !
... PERSONNE !!
... Bah !!
Oh là là ... tu rêves ou quoi ?
SOUPIR
Au fait, Haruko ...
... de temps en temps, je tire les tarots sur Kinosaki, mais ...
... il me semble qu'il a un côté caché !

... CACHÉ ... ?
... Ouais !!
... Aucune fois je n'ai tiré de bonnes cartes sur lui !
aucune fois !!
surtout récemment ...
c'est un ennemi ou ... plutôt ... disons que ... un rival ??
QUOI ... ?
IL EST ... MON RIVAL ?
... SENPAI ... !?
Non ! ... C'est le mien !
HARUKO-CHAN !
OH !
... RÉVEILLE-TOI !!

AH ! ... MA TANTE !!
... QUOI ... ?
HOP
OH LÀ LÀ ... TU ES TOUJOURS EN UNIFORME
... TU VAS ATTRAPER FROID EN DORMANT ICI !
... ET PUIS
... UNE AMIE T'ATTEND !
TU BAVES !
HEIN ?
... AH BON ... ?
SALUT !
... DÉSOLÉE D'ÊTRE VENUE SANS PRÉVE-NIR !
AH ! ... MLLE TAKAMIYA !

HÉ ... ! TU AS TROUVÉ OÙ J'HABITE ?
COMMENT TU AS FAIT ?
À VRAI DIRE ...
JE T'AI SUIVIE DEPUIS LE COLLÈGE !
QUOOOI ? ... SUIVIE ??
BEN OUI !
... PARCE QUE JE VOULAIS TE PARLER SANS MLLE AKANE NI MLLE CHIKA ...
VOILÀ, ÇEST POUR ...
... UNE PETITE DISCUSSION ENTRE SORCIÈRES, QUOI !
PARDON ?

HI ! HI ! HI ! ... JE RIGOLE !
EN FAIT ... IL Y A AUTRE CHOSE !
DIS ...
... SI TU VEUX, ON PEUT ALLER CHEZ MOI MAINTENANT !?
... KINOSAKI-SENPAI HABITE EN FACE !
HARUKO ...
AH ! ... JE PEUX T'APPELER HARUKO ?
... TU NE T'ES PAS POSÉ DE QUESTIONS SUR CE QUI C'EST PASSÉ HIER ... EUH ... ?
MOI ... JE SUIS TRÈS CURIEUSE !
... JE NE PEUX PAS RESTER SANS COMPRENDRE

... MAIS ...
... QUOI ?
POURQUOI TE PROTÈGE-T-IL À CE POINT !
GLOUPS
AH! ... MIMI ♡
TIENS ! ... C'EST TOI SILK-CHAN, LE MESSAGER DES DIEUX ? ... ENCHANTÉÉÉÉE !
NIAOUUU
TOP
... EN TOUT CAS, VIENS CHEZ MOI
... J'AIMERAIS TANT QUE SILK-CHAN FASSE CONNAISSANCE AVEC MON MESSAGER !
Niaa ouuu

C'EST CHEZ KINOSAKI ...
... TU VOIS, C'EST UNE GRANDE MAISON ! ... EN FAIT SON PÈRE EST MÉDECIN
TIENS ! ... TE VOILÀ ! ... VIENS MUSE !
MIOU!
QUOI ? ... QUOI !? ... C'EST TON MESSAGER DES DIEUX !?
OUAIS ! ... ELLE S'APPELLE MUSE ! ... C'EST UNE FEMELLE ♡
WAO UHHHH MIGNOO ONNE !!! ... ENCHAN-TÉÉÉ !!
HI! HI!

TIENS SILK ! ... DIS BONJOUR !?
IGNORER
OH LÀ LÀ ... TU NE LUI AS PAS PLU, SILK !
IGNORER COMPLÈ-TEMENT
... HUU UUM ...
DIS HARUKO ...
APPELLE-MOI "KODE" ...
PLUS "TAKAMIYA", S'IL TE PLAÎT !
... O.K. ... !

... WOUAHHH ... !
AH ! ... IL EST LÀ !
HÊÊÊ ! ... KINOSAKI-SENPAAAAI !! KÔ-KUUUUUN !!!
SSSHH...
KO... KO... KO... KODE-CHAN !?
TU VIENS CHEZ MOI ?! ... HARUKO EST LÀ !
KODE-CHAN !!
... ARRÊTE !
AH! HA! HA!
HA! HA! ... TU PENSES !?
... IL NE VIENDRA PAS !!
TARATATA
KODE-CHAN ... TU AS PLEIN DE LIVRES
... QUI PARLENT DE MAGIE ! ... ÇA M'INTÉRESSE !

BLAM
HARU-KOOO !!
... QU'EST-CE QU'IL Y A ? ... TU N'AS RIEN !?
... HM ?
ELLE VA BIEN ?
... BIEN !
DIS DONC ...
[redacted]

J'AI L'IMPRESSION QUE ...
... CE CHAT ME FIXE DEPUIS UN MOMENT DÉJÀ
C'EST SILK ... MON CHAT MESSAGER !
figé !
AH ... ! D'ACCORD ... C'EST TOI !
MIAOU !
BONJOUR ARRANGÉ POUR LES CHATS
HA ! HA ! HA !
je ne sais pas pourquoi mais il ne me plaît pas Niiiiaaaaaou !!
DIS DONC ...
TA CHAMBRE EST DEVENUE BIEN ÉTRANGE DEPUIS QUELQUE TEMPS !

... DIS PAS DE BÊTISES !
C'EST N'IMPORTE QUOI !
... AH ...
C'EST VRAI ...
... QU'ILS SE CONNAISSENT DEPUIS LEUR ENFANCE
Intervalle 1/4
- 5 -
Le rouge indique que ce n'était pas de la drogue... miaou
sinon, ce serait bleu... hyper bleu... on me l'a dit ! ... miaou
CIAO ! ... CIAO !
Après, les inspecteurs des stupéfiants sont partis en souriant ! miaou... maiiiis...
Le policier, lui, était en colère ! ... oui ! ... vraiment très en colère ! ... miaou

C'EST POUR CELA QUE ...
LEURS CONVER-SATIONS SONT TRÈS NATURELLES
MAIS KINO ...
... POURQUOI TU PROTÈGES HARUKO COMME ÇA ?
OH, OH, OH ... ATTENDS UN PEU !
HI ! HI !
... BEN ...
... HARUKO AIMERAIT AUSSI LE SAVOIR ...
... SILK ÉGALEMENT, N'EST-CE PAAAS ?

C'EST PAS TRÈS MALIN !
... TU NE POURRAS PAS LE JUSTIFIER COMME ÇA LONGTEMPS !
... BAH ...
GLOUPS
... HARUKO SE DEMANDE POURQUOI ! ... POURQUOI ET ...
ET CELA FINIT PAR LA RENDRE MÉFIANTE À TON ÉGARD. C'EST CE QUE TU VOULAIS ??
... SANS RAISON !

AH BON ? ... TU PENSES ÇA ?
BEN ... JE NE SAIS PAS ...
BIEN SÛR QUE OUI !
... ELLE VOUDRAIT SAVOIR POURQUOI !
... N'EST-CE PAS ?
... ...

... BON ...
PARCE QUE ...
... JE SUIS ...
... SON MESSAGER DES DIEUX !

DISONS QUE ...
... J'AVAIS PASSÉ UN CONTRAT AVEC LA MÈRE DE HARUKO POUR ÊTRE SON MESSAGER ...
MAIS COMME ELLE EST MORTE, DEPUIS ...
PIKO

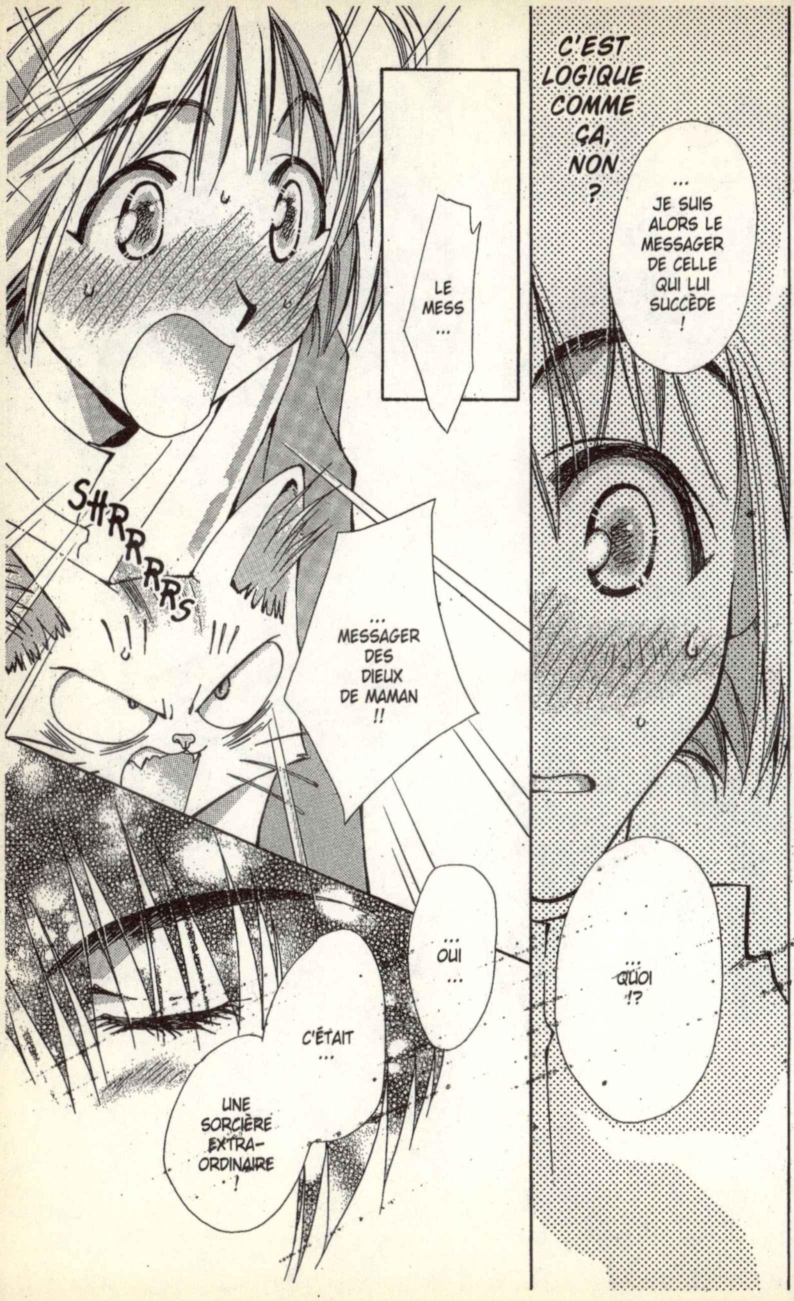
C'EST LOGIQUE COMME ÇA, NON ?
... JE SUIS ALORS LE MESSAGER DE CELLE QUI LUI SUCCÈDE !
LE MESS ...
SHRRRRS
... MESSAGER DES DIEUX DE MAMAN !!
... QUOI !?
... OUI ...
C'ÉTAIT ...
UNE SORCIÈRE EXTRA-ORDINAIRE !

MESS...
...MESSAGER DE MAMAN !!
YARK
YARK
YARK
YARK
PFFF
QU'EST-CE QUI EST SI DRÔLE !!

YARK
YARK
YARK
YARK
BAH !
... ÇA VEUT DIRE QUE TU ES ...
... DU MÊME NIVEAU QUE SILK-CHAN !
NON !!
... SILK EST MON SENPAI !!
SÉRIEUX
HEIN ?!
SHRRRRRR

BON BEN, KINO ...
... RACCOMPAGNE BIEN TON MAÎTRE JUSQU'À CHEZ LUI !
... LA FERME !
C'EST PAS TES OIGNONS !
SHRRRR
À BIENTÔT SILK-CHAN ET HARUKO !
HI ! HI ! HI !
Miaou

OUF ... !
... MAINTENANT J'AI COMPRIS !
HA ! HA ! HA !

KINOSAKI-SENPAI ÉTAIT POUR MA MÈRE ...
... UN MESSAGER DES DIEUX !

DITES ...
AVEC MA MÈRE ...
COMMENT ÊTES-VOUS ARRIVÉS À ...
PASSER UN CONTRAT ?
... EUH ...
C'EST ...
... UN SECRET ENTRE ELLE ET MOI !
... SECRET ...

ET S'IL ME TAQUINAIT ?!
MAIS JE NE LUI AI...
JAMAIS ...
... PARLÉ DE MA MÈRE ! ...
HÉ ...
... JE N'EN AI PARLÉ QU'À KODE-CHAN ... SEULEMENT ...
ALORS ...
SI ELLE LUI A PARLÉ D'ELLE ... IL PEUT TRÈS BIEN AVOIR TOUT INVENTÉ !
MAIS ...

NON ! ... JE SUIS BÊTE !
... IL N'EST PAS COMME ÇA !
ON EST ARRIVÉS, HARUKO ...
TE VOILÀ CHEZ TOI !
OUPS
VOUS SAVIEZ QUE J'HABITAIS CHEZ MA TANTE ?!
BEN OUI ! ... ON DOIT TOUJOURS SAVOIR ...
OÙ HABITE SON MAÎTRE
SHRRRRR

BON ...
... BON COURAGE CYNTHIA !
PIKO
... NE SOIS PAS ABATTUE PAR TOUTES CES HUMILIATIONS !
... QUOI !?

IL VIENT DE ...
MÊME EN TE DONNANT AU MAXIMUM
... SI TU TE LAISSES ABATTRE, ON SERA TOUS LES DEUX BATTUS !
... M'APPELER CYNTHIA !
OUI ! ... CYNTHIA
... MÊME PAPA NE CONNAÎT PAS ...
LE DEUXIÈME NOM DE MAMAN ET MOI
J'AI PAS L'INTENTION DE PERDRE !
... CE NE SERAIT PAS BIEN, HEIN ?

ON NE SAIT PAS QUELLE VA ÊTRE LA REVANCHE DU COUPABLE, MAIS ...
IL NE FAIT QUE DIRE LA VÉRITÉ !
... ON VA SE DONNER AU MAXIMUM, CYNTHIA !!

Il se prend pour quiiiiii !!
Quel impertinent !!
La première Cynthia ...
ne m'a jamais rien dit !
je n'étais pas au courant !!
MEUUUUH

OUI ...
... C'ÉTAIT UNE SORCIÈRE EXTRA-ORDINAIRE !
COMMENT ÇA S'EST PASSÉ AVEC MAMAN ...
ELLE NE M'A JAMAIS PARLÉ D'UN MESSAGER HUMAIN !
PIKO
PFFF...
DE TOUTE FAÇON ...

J'AI ENFIN COMPRIS POURQUOI IL ME PROTÈGE !
OUI ! ... C'EST ÇA
... JE DEVRAIS ÊTRE CONTENTE DE LE SAVOIR !
... ...
QU'EST-CE QUE ...
JE SUIS BÊTE !
... ARCHI-BÊTE !
JE SUIS VRAIMENT BÊTE !!

... HYPER BÊTE !
ALLÔ ... !
... C'EST KINOSAKI !
... AH ... KINOSAKIIII ? ... C'EST TAKIOKAAAA !
TOOOOOIIIII !!
TU TE FOUS DE MOI OU QUOI ?! ... POURQUOI TU N'ES PAS VENU AUJOURD'HUI !?
DÉSOLÉÉÉÉ ... J'AVAIS MAL AU VENTRE !

HIER, À LA RÉUNION ...
POURQUOI T'AS FAIT UNE CHOSE PAREILLE ?!?
... KOUAH ??
BEEEEN ...
C'ÉTAIT POUR TOI !
COMME TU NE PARLE JAMAIS CLAIREMENT TON AMOUR POUR HARUKO-CHAN ...
J'AI DONC VOULU T'OFFRIR UNE OCCASION DE T'Y OBLIGER !
TU DÉCON-NES OU QUOI !!?

D'ABORD, OÙ EST-CE QUE TU T'ÉTAIS CACHÉ ...
APRÈS L'INTER-VENTION DES PROFS !?
... JE NE T'AI PLUS VU APRÈS !
J'AI EU LA DIARRHÉE JUSTE APRÈS ... ET J'ÉTAIS À L'INFIRMERIE
... J'AI DONC RATÉ TA PERFORMANCE, DOMMAGE !
... ON M'A DIT QUE C'ÉTAIT HYPER CHAUD !
... TU N'ES PAS N'IMPORTE QUI, CHAPEAU !

J'AURAIS BIEN VOULU VOIR ÇA ...
... J'ÉTAIS TRÈS FIER DE TOI EN L'APPRENANT
... AH, J'AURAIS AIMÉ Y ASSISTER !
AH BON ... ?
AU FAIT, TU VAS MIEUX ... ?
OUI, JE RETOURNE AU COLLÈGE DEMAIN
O.K. !
... BON BEN ... REPOSE-TOI BIEN !
... OUAIS ...

OUI ... MERCI !
SALUT !
BIP
TU LUI AS ENCORE TÉMOIGNÉ DE TON AMITIÉ ?
AH ! ... C'EST TOI !
... TU N'ES PAS GENTIL, RENON-CHAN ! ...

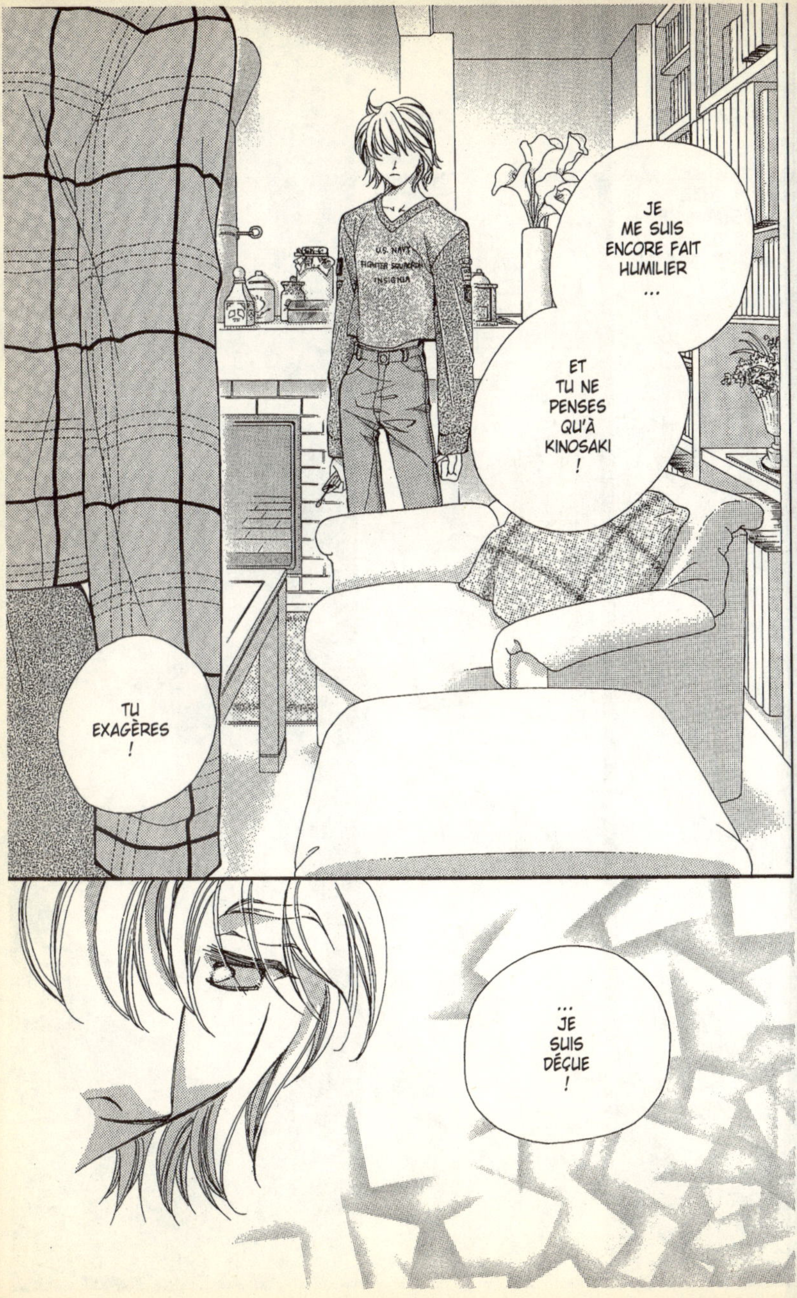

JE ME SUIS ENCORE FAIT HUMILIER ...
ET TU NE PENSES QU'À KINOSAKI !
U.S. NAVY FIGHTER SQUADRON INSIGNIA
TU EXAGÈRES !
... JE SUIS DÉÇUE !

TES YEUX TRAHISSENT QUE ...
TU EN AS MARRE DE T'OCCUPER DE MOI !
... TU AIMERAIS QUE JE M'EN AILLE, C'EST ÇA ?
NON ! ... C'EST FAUX !
NAVY
BIEN SÛR QUE TU LE PENSES !
NON ! ... CE N'EST PAS VRAI !

Intervalle 1/4
- 6 -
Pourquoi était-il en colère ?
Pourquoi ?
Pourquoi ?
Pourquoi ?
Pourquoi ?
je ne sais pas ?... miaou mais ça voulait dire ... cassez-vous tout de suite ... ! ... miaou ... "je croyais accomplir un exploit et je me suis fait avoir !!" ... ... quelque chose comme ça... miaou je suis désolé ! ... miaou
Ah Bon ?
TU MENS !
... ÇA TRANSPIRE DE TOI !
JE DÉTESTE L'HYPOCRISIE !!

DIS-MOI "VAS-T'EN" !!
... DIS QUE TU EN AS MARRE ! ... QUE TU N'EN PEUX PLUS !!
... AU FOND, TU T'EN FOUS DE MOI !!
... TOUT LE MONDE EST HYPOCRITE !!

COMME KINOSAKI PREND LES CHOSES TRÈS AU SÉRIEUX ...
IL POURRAIT DEVENIR MEILLEUR QUE TOI !
TA CIBLE ÉTAIT AU DÉPART ...
HARUKO-CHAN, PAS KINOSAKI, NON ?
... ALORS TU T'INTÉRESSES À LUI, MAINTENANT ?

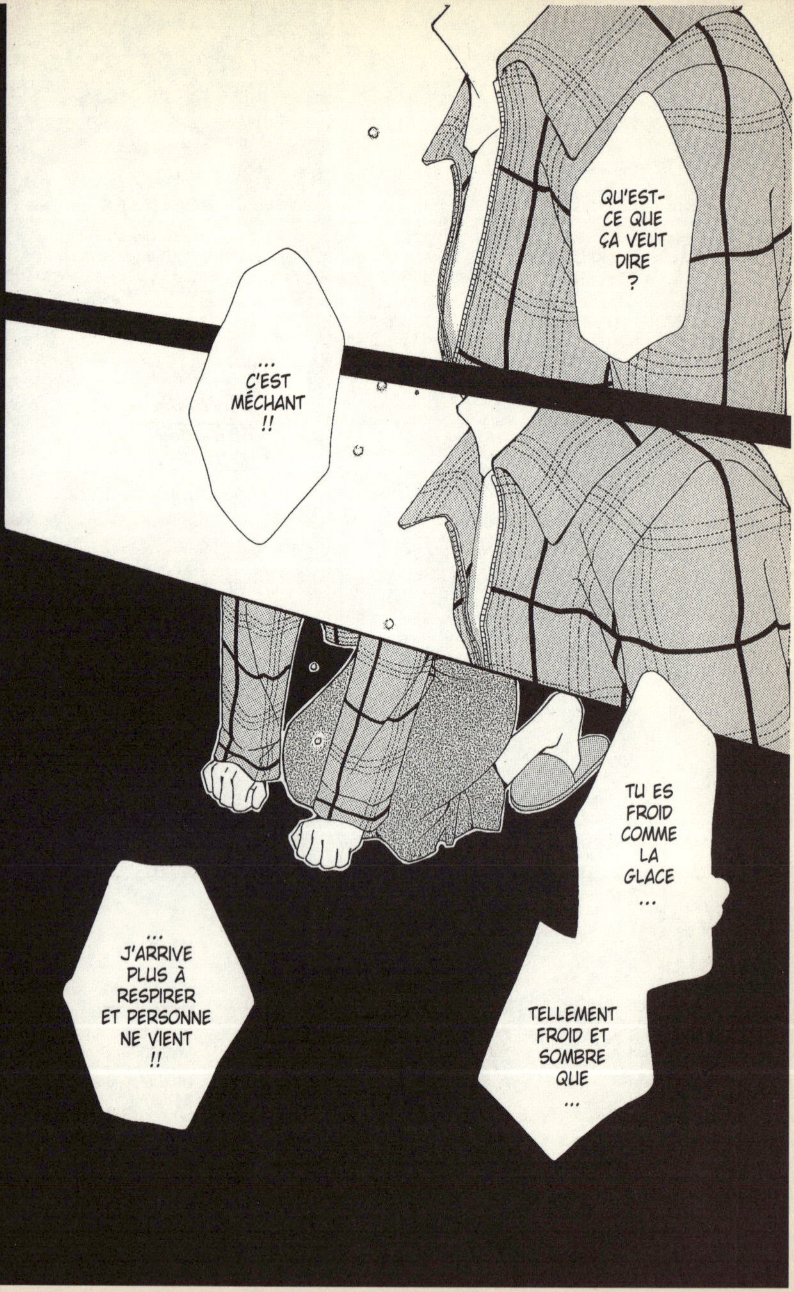
QU'EST-CE QUE ÇA VEUT DIRE ?
... C'EST MÉCHANT !!
TU ES FROID COMME LA GLACE ...
TELLEMENT FROID ET SOMBRE QUE ...
... J'ARRIVE PLUS À RESPIRER ET PERSONNE NE VIENT !!

... PER-SONNE ...
NE ME TOUCHE ... !!
UUUUAAAAAH
UHUUHUUH
NAVY
SQUADR
GNIA

UUUUHUUUHUUUH
ON EST LÀ ...
UUUUUUHUUUH

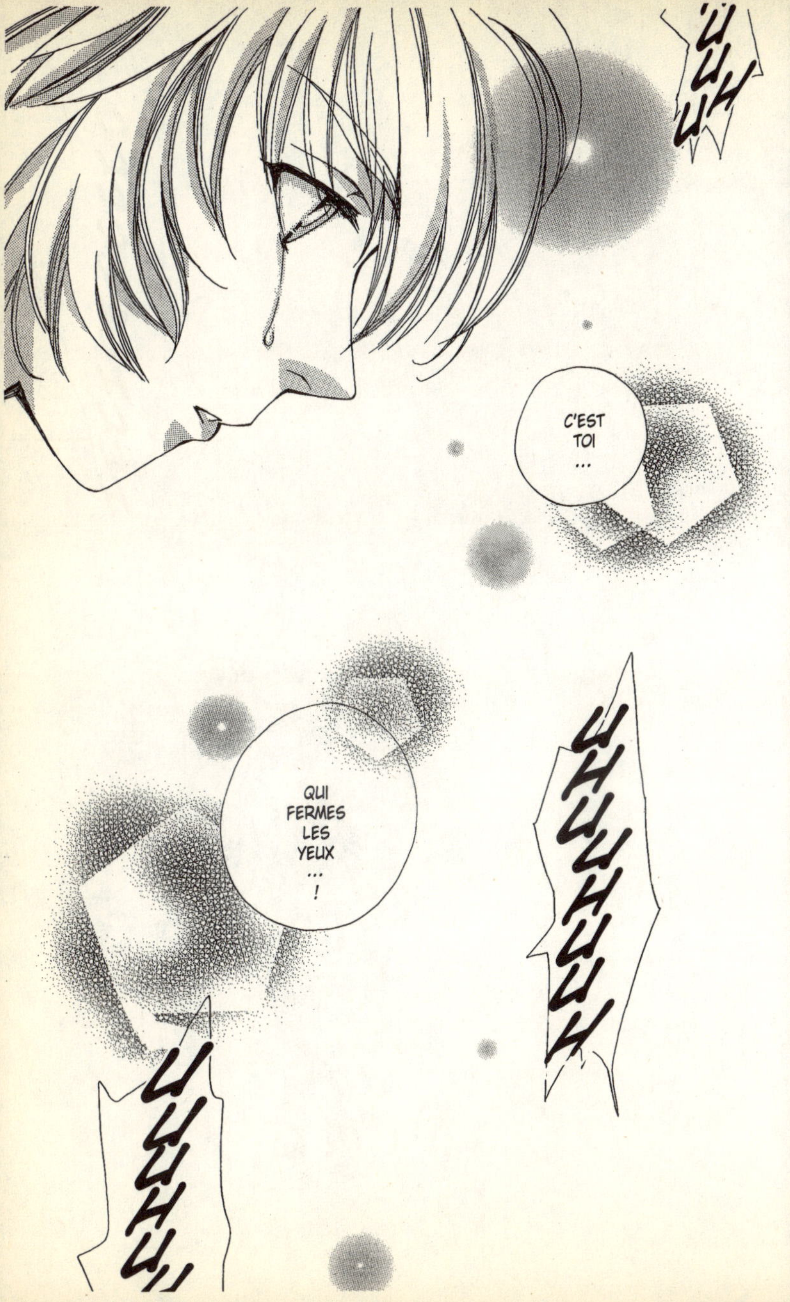
C'EST TOI ...
QUI FERMES LES YEUX ... !

PFF
...

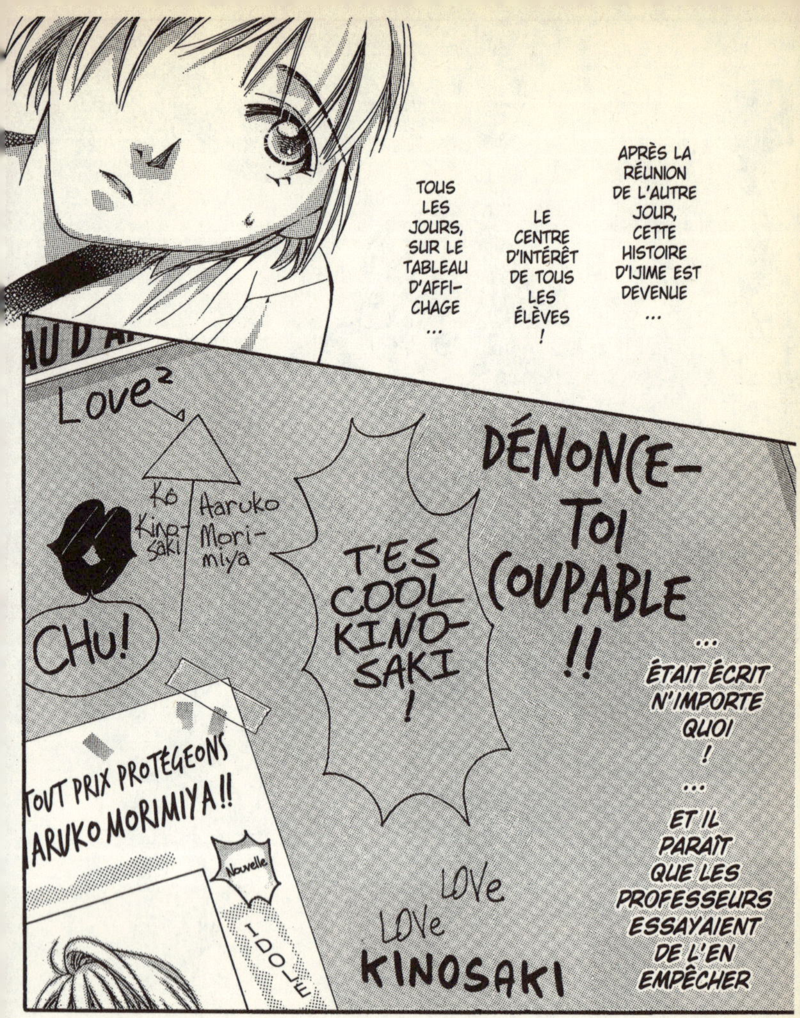

APRÈS LA RÉUNION DE L'AUTRE JOUR, CETTE HISTOIRE D'IJIME EST DEVENUE …
LE CENTRE D'INTÉRÊT DE TOUS LES ÉLÈVES !
TOUS LES JOURS, SUR LE TABLEAU D'AFFICHAGE …
DÉNONCE-TOI COUPABLE !!
… ÉTAIT ÉCRIT N'IMPORTE QUOI !
… ET IL PARAÎT QUE LES PROFESSEURS ESSAYAIENT DE L'EN EMPÊCHER
T'ES COOL KINOSAKI !
Love²
Kô Kinosaki
Haruko Morimiya
CHU!
TOUT PRIX PROTÉGEONS
ARUKO MORIMIYA !!
Nouvelle
IDOLE
LOVe
LOVe
KINOSAKI

C'ÉTAIT UNE MÊME ENVOLÉE QUI A COUVERT LE COLLÈGE ...
TOUT LE MONDE ÉTAIT ENCORE UN PEU CHAUD ...
QUANT À MOI ...
LA VIE EST REDEVENUE CALME ...
DEPUIS UNE SEMAINE MAINTENANT... ET J'AI L'IMPRESSION QUE TOUT S'EST PASSÉ, IL Y A LONGTEMPS !
OUI ! ... C'EST VRAI !
UN DEUX
MAIS LES PROFESSEURS, EUX, NE DONNAIENT AUCUNE NOUVELLE !
ON NE REÇOIT PLUS DE LETTRES ...
C'EST QUAND MÊME TRISTE, NON !
... JE M'ENNUIEEEE !!
TU PARLES AKANE-CHAN !

AHHH ! DE TOUTE FAÇON ...
PENDANT LA RÉUNION, KINOSAKI-SENPAI ÉTAIT TROOOP COOOOL !!
... ÇA M'EXCITE À CHAQUE FOIS QUE J'Y REPENSE !
JE T'AVOUE QUE ...
J'ATTENDS UNE NOUVELLE LETTRE POUR REMETTRE ÇA !
TU DÉLIRES, AKANE-CHAN !
COUCOU, CHIKA-CHAN !
ELLE NE PARTICIPE PAS AUX COURS DE GYM ?
OUI ...
ELLE M'A DIT QUE ...
C'EST À CAUSE DE SA SANTÉ

C'EST VRAI QU'ELLE EST PETITE ...
... COMME UNE POUPÉE ET EN PLUS ÇA LA REND MIGNONNE !
DIS HARUKO ... !
AH ! AH ! AH !
... TU M'APPELLES PLUS TENKO !
BEN... PARCE QUE KINOSAKI-SENPAI T'APPELLE COMME ÇA ...
ALORS JE VEUX FAIRE COMME LUI, QUOI !
MAIS, HARUKO ...
KINOSAKI-SENPAI T'A ... DÉJÀ ...
... DIT QU'IL T'AIMAIT ?

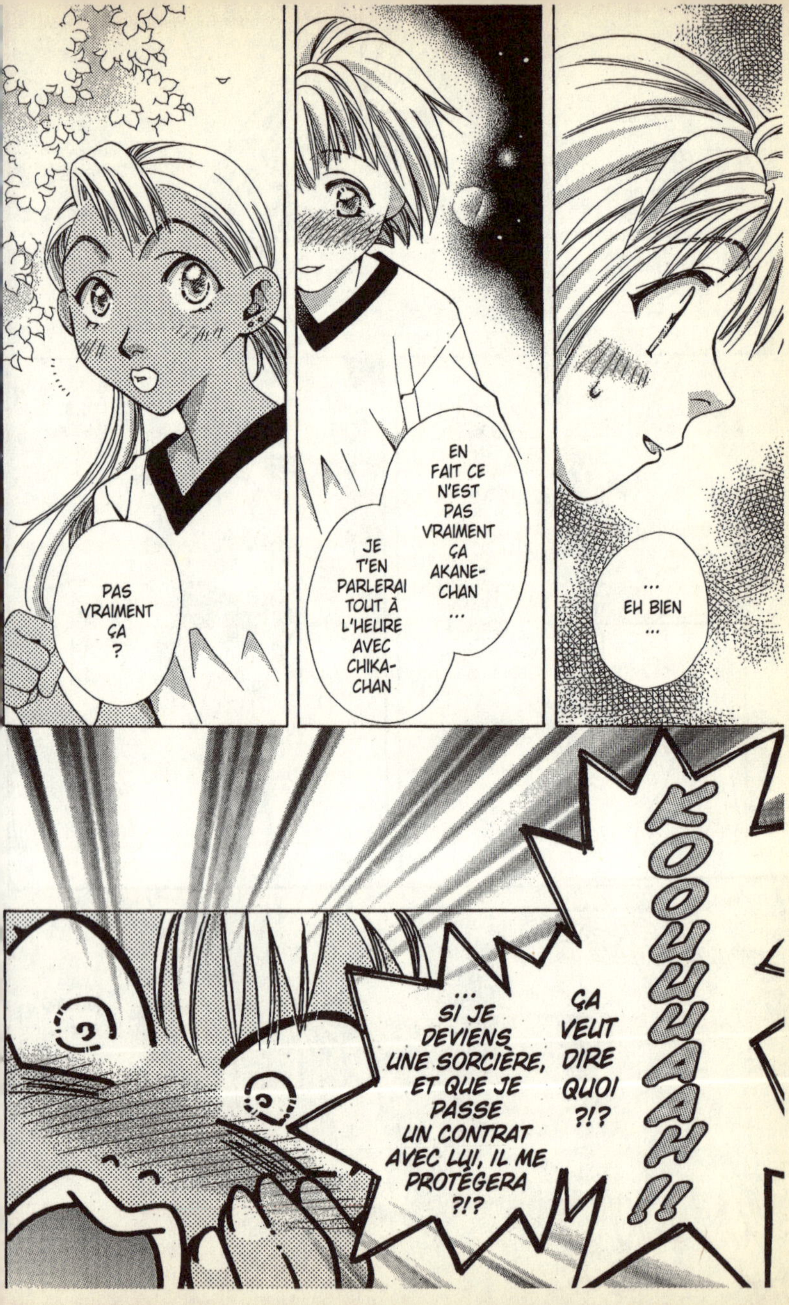
... EH BIEN ...
EN FAIT CE N'EST PAS VRAIMENT ÇA AKANE-CHAN ...
JE T'EN PARLERAI TOUT À L'HEURE AVEC CHIKA-CHAN
PAS VRAIMENT ÇA ?
KOOUUUAAH !!
ÇA VEUT DIRE QUOI ?!?
... SI JE DEVIENS UNE SORCIÈRE, ET QUE JE PASSE UN CONTRAT AVEC LUI, IL ME PROTÉGERA ?!?

D'ACCORD ! ... JE VAIS DEVENIR UNE SORCIÈRE !!
... À TOUT PRIX !!
ÇA NE MARCHERA PAS ...
IL EST DÉJÀ RÉSERVÉ À HARUKO-CHAN !
IL FAUT QUE TU CHERCHES AILLEURS
... C'EST BIEN ÇA, HARUKO-CHAN ?
BEN, JE NE SAIS PAS ...
HÉ ! ... MORI-MIYA
BLA BLA
... HEIN ...
... QUOI ?
TAKIOKA ...
T'AT-TEND ...
DANS LE COULOIR !
HÉ!! ! ... QU'EST-CE QU'IL Y A ?
EN UN INSTANT, UN SILENCE PROFOND S'INSTALLE DANS LA SALLE !
curieux

D'AC-CORD ...
ME... MERCI ...
NE ME REGARDEZ PAS TOUS ...
... AVEC DES YEUX DE CHIOTS !
DÉSOLÉ DE TE DÉRANGER ...
NON ! ... CE N'EST PAS GRAVE ! ... QU'EST-CE QU'IL Y A ?
EUH ... EN FAIT ...
J'AI UN PETIT SERVICE À TE DEMANDER !
BIEN SÛR, SI CELA M'EST POSSIBLE !
AH BON ... C'EST GENTIL !
ALORS S'IL TE PLAÎT, ASSISTE À LA RÉUNION DES DÉLÉGUÉS D'AUJOURD'HUI !!
... PARDON ??

EN FAIT, CE QUI S'EST PASSÉ PENDANT LA RÉUNION DU COLLÈGE ...
INTÉRESSE AUSSI LE COMITÉ DES DÉLÉGUÉS ET ...
... HEIN ... !?
ILS M'ONT DIT QU'ILS FAISAIENT LEUR PROPRE ENQUÊTE ...
... DONC ILS VEULENT QUE ...
KINOSAKI ET TOI, VOUS ASSISTIEZ À LEUR RÉUNION !
... POURQUOI ?

AAAH, NE T'EN FAIS PAS ! ... C'EST PAS COMPLIQUÉ !
À VRAI DIRE ...
ÇA M'EMBÊTE UN PEU ...
PARCE QUE JE NE SUIS PAS DÉLÉGUÉ
... JE SUIS JUSTE LE PETIT-FILS DE L'ADMINISTRATEUR GÉNÉRAL !
LE PRÉSIDENT DES ÉLÈVES S'INTÉRESSE BEAUCOUP À KINOSAKI ET...
... IL VOUDRAIT FAIRE SA CONNAISSANCE
?
DANS CE CAS-LÀ ...
IL VAUT MIEUX EN PARLER DIRECTEMENT À KINOSAKI-SENPAI

EN FAIT, IL M'A DIT QUE ...
SI TU VENAIS, IL VIENDRAIT AUSSI
... AH BON ...
ALORS JE T'EN PRIE ...
VIENS !
BONDÉ DE CAMARADES
POURQUOI ? ... IL Y A QUELQUE CHOSE DE NOUVEAU ?
WOUAH
O... OUI ... !
QU'Y A-T-IL ?

HI ! HI ! HI ! ... BIENVENUE À VOUS DEUX, M. KINOSAKI ET MLLE MORIMIYA !
QUEL GRANDISSIME PLAISIR QUE VOUS DÉNIEZ ACCEPTER MON INVITATION !
HI ! HI ! HI !
JE PARLE AINSI, MAIS JE NE SUIS QU'UN COLLÉ-GIEN !
AUJOURD'HUI, PROFITEZ ...
BIEN ...
DE L'AGRÉABLE COMPAGNIE ...
DU MODESTE COMITÉ DES DÉLÉGUÉS !
VOILÀ ...
ON A PRÉPARÉ DU THÉ !
... PRENEZ PLACE ...
... S'IIIL VOUS PLAÎT !

ON DIRAIT QU'IL Y A UN MALENTENDU ...
ON S'EN VA, HARUKO !
OH NON ! NOOON ! ... ATTENDEZ !
... AAAH ...
TU ÉTAIS FORMIDABLE À LA RÉUNION DE LA SEMAINE DERNIÈRE !!
... C'EST UN SOUVENIR ENCORE FORT !
BAM
TU AS UN SACRÉ TALENT POUR CONQUÉRIR LE CŒUR DES GENS EN UN INSTANT !!
J'AI L'IMPRES-SION D'EN-TENDRE ENCORE TON CRI !!
... ON EN PARLERA PENDANT LONGTEMPS !

COMME SI ...
TOUT LE MONDE AVAIT ÉTÉ ENSORCELÉ ... !
... ENSORCELÉ ... ?
AH ! ... SI C'EST LE CAS, C'EST GRÂCE À HARUKO !
... HEIN... ?
... QUOI ... ?!?
PARCE QUE ...
C'EST ELLE QUI M'A PERMIS D'AGIR AINSI !
BAH ... POUR-QUOI ?
Ouh là là

WOUAH
BABOUM
BABOUM
C'EST ... COMMENT ?
BABOUM
MON CŒUR BAT ...
BABOUM

EXCUSEZ-MOI ... JE PEUX ALLER AUX TOILETTES ?
JE T'EN PRIE !
OUAAAH !
OUAAAH !
OUAAAH !
OUAAAAAAH !!

MAMAN, QU'EST-CE QUE JE PEUX FAIRE !
C'EST MOI QUI ...
AI ÉTÉ ENSORCELÉE ...
PAR KINOSAKI-SENPAI !
OUAAH !
J'AI ENVIE DE PLEURER ...!

JE ME SENS ANORMALE !
AAAAHH MINCE !
... IL ME PROTÈGE SIMPLEMENT ...
C'EST JUSTE UN MESSAGER !!
TIENS !
... HARUKO-CHAN ?

AH BON ! ... LA RÉUNION BAT SON PLEIN ...
MAIS ...
POURQUOI ES-TU LÀ ?
PARCE QUE ...
BEN ...

Intervalle 1/4
- 7 -
Et donc... c'était une "histoire pour faire peur" !?
euh... t'as pas peur... ? ah bon ! miaouu
Hiwatari, elle, a eu peur... mais elle adore les histoires qui font peur ! ... miaou si vous en connaissez quelques-unes, racontez-les nous ! miaou
... Bon, gardez la forme en restant les pieds sur terre et en tendant vos bras vers les étoiles... miaou ... !!

JE SUIS... INUTILE À CETTE RÉUNION ... ALORS ...
J'AI PRÉTEXTÉ D'ALLER AUX TOILETTES
AH BON ... DÉSOLÉ !
JE T'AI FORCÉ LA MAIN ...
POUR LES PROCHAINES ÉLECTIONS D'AUTOMNE, LE PRÉSIDENT VEUT TENTER ...
DE PRÉSENTER KINOSAKI À SON POSTE ...
EN TANT QUE NOUVEAU PRÉSI-DENT !
JE PENSAIS Y ALLER ...
MAIS JE PEUX RESTER AVEC TOI !
OUI ...
JE VOIS ...
TU L'AS CONSTATÉ, KINOSAKI EST UN TYPE HORS DU COMMUN ...

NOUS ALLIONS À LA MÊME ÉCOLE PRIMAIRE ...
DEPUIS TOUJOURS, IL N'A PEUR NI DES ADULTES, NI DES GENS PLUS ÂGÉS QUE LUI ...
IL RÉAGIT COMME SI ON ÉTAIT TOUS ÉGAUX ...
ET IL NE PERD JAMAIS SON COURAGE ...
UNE FOIS IL A FAIT UNE FUGUE ET IL EST VENU CHEZ MOI ...
IL N'ACCEPTAIT PAS UN MENSONGE DE SON PÈRE ...
ET CE SOIR-LÀ, IL PLEURAIT !

PEUT-ÊTRE …
QUE ÇA AUSSI …
KODE-CHAN …
LE SAIT !
DIS, HARUKO-CHAN …
… EUH …
… OUI … ?

EN FAIT, J'AI ENCORE ...
... UN PETIT SERVICE À TE DEMANDER
MAINTENANT ... SI LE COMITÉ ...
COMMENCE VRAIMENT UNE ENQUÊTE SUR ...
... CES ÉVÉNEMENTS ...

NE FAIS PAS TROP DE BRUITS ...
NE CHERCHE PAS ...
QUI EST LE COUPABLE ... ! ... EN FAIT ...
... QUOI ... ?
DÉSOLÉ !
... C'EST TROP NUL CE QUE JE DIS ...
MAIS ...
PARCE QUE ...

C'EST MOI ...
... QUI AI TOUT MANIGANCÉ !
... C'EST MOI LE COUPABLE ... !
MAGIE INTÉRIEURE 2 / FIN

ÉTUDE POUR AMATEURS DE JEUX VIDÉO

* Game boy

* Roll playing games : jeux de rôles.

REPRÉ-SENTANT
Mais il y a aussi un autre jeu dont je suis fou ...
Il est un peu vieux ... "Fuurai no Siren" chez Maxi version game boy !
... miaou
quelqu'un peut m'arrêter ... s'il vous plaît ... miaou
je ne sais pas m'arrêter ... miaou !
je suis de race américaine au poil ras et marron miaou
Il va sortir en play station 2, et il sera plus réaliste niveau graphisme ... miaou
Seule-ment, je pense que ...
ce n'est pas juste le graphis-me qui compte ! ... miaou
POU LE JOUEUR
Les jeux en 2D me suffisent ... miaou
Bien sûr il y a aussi des jeux intéressants en 3D comme "Bio hazard" et "Echo night" ! ... miaou

ÉTUDE POUR AMATEURS DE JEUX VIDÉO/FIN

CLÉS DE COMPRÉHENSION

CLASSE TROIS/CLASSE CINQ ⋆ PAGE 8

Chaque année d'étude est séparée en plusieurs classes qui portent un numéro, sauf à la campagne où il y a peu d'élèves. En France, le système est identique, mais avec des lettres (6e A, 6e B, etc.). Pour les Japonais, la classe à laquelle on appartient est très importante, car elle sert d'identité durant toute l'année, comme une étiquette. Cette classe représente une petite société à elle toute seule dans la vie scolaire, et la notion du groupe est très importante. Si tout le monde s'entend bien, l'année sera bonne ! Sinon, on attend patiemment l'année suivante car les classes changent à chaque rentrée, et c'est un grand sujet de discussion entre les élèves, à la fin de chaque cycle d'étude.

CASIER ⋆ PAGE 20

Au Japon, chacun possède un casier à l'entrée de l'école, car on change de chaussures en entrant dans l'établissement. On a donc l'habitude d'avoir des chaussures d'intérieurs et des chaussures d'extérieurs. Celles-ci vont avec l'uniforme obligatoire et sont les mêmes pour tous. C'est pour cette raison que chacun note son nom sur ses chaussures, afin de ne pas les confondre. En revanche, les Japonais marchent pieds nus chez eux. Entrer chaussé dans une maison n'est pas envisageable. À l'entrée, il est prévu une place que l'on nomme « genkan » où chacun peut se déchausser. Le « genkan » se trouve toujours une marche en dessous du seuil de la maison. Le fait de franchir cette marche détermine la frontière entre le dehors et le dedans. Par contre, cette règle ne s'applique pas à l'université ni dans les lieux publics, sauf dans certains hôpitaux, où des chaussons sont prévus.

TROISIÈME ANNÉE ⋆ PAGE 27

Le collège possède trois niveaux d'étude, et la politesse est une marque obligatoire dès qu'on s'adresse à quelqu'un de niveau supérieur au sien.

Il existe plusieurs niveaux de politesse dans la langue japonaise. En plus de cela, il y a beaucoup de variations possibles en fonction des mots utilisés. Par exemple, pour dire « toi » ou « vous », on peut employer différents mots en fonction des âges et du sexe, comme « anata », « anata sama », « kimi », « otaku », « otakusama », « sochira », « sochira-sama », « temee », « omae », « kisama », « boku », « ojou-chan », etc. Cela montre l'importance que les Japonais portent au respect d'autrui, et surtout aux plus âgés. Pourtant, cette tradition se perd petit à petit, sauf à l'école et dans l'entreprise où la notion d'ancienneté est encore très respectée.

SAN ★ PAGE 113

« San » est un suffixe de politesse qui montre que Kodemari n'est pas très proche de Chika ni d'Akane.

KODE ★ PAGE 117

Le « e » final du surnom Kode se prononce « é » en japonais. Kode se dit « kodé ». Et si vous êtes curieux d'en connaître plus sur la langue japonaise, jetez un coup d'œil sur le web ! Il existe beaucoup de sites pour apprendre cette langue, qui n'est pas si compliquée !!

CHAN ★ PAGE 146

Quand on met le suffixe « chan » pour s'adresser à un garçon de son âge, cela montre que l'on est proche de lui. Mais ce n'est pas toujours le cas, et souvent, si l'on est familier avec quelqu'un, on ne met pas de suffixe.

SUIKODEN/SIREN LE VAGABOND ★ PAGE 183

Ce sont des jeux vidéos.

Cosmo na Bokura !- by Saki Hiwatari

First published in Japan in 2000 by Hakusensha Inc., Tokyo
French language translation rights in France arranged by Hakusensha Inc.,
Tokyo through Tohan Corporation, Tokyo
Supervision éditoriale : Akata

Dépôt légal : octobre 2003. I.S.B.N. : 2-84789-165-X

Traduction : Yuko Kuramatsu
Adaptation : Sara Centonze
Lettrage : Betty C.
Conception graphique : Trait pour Trait

Imprimé et relié en septembre 2003
sur les presses de l'imprimerie Aubin, à Ligugé.

www.akata.fr
www.editions-delcourt.fr